Scúnc agus Smúirín

MUIREANN NÍ CHÍOBHÁIN
A SCRÍOBH

PADDY DONNELLY
A MHAISIGH

Is mise Scúnc,
agus seo é Smúirín!

Gráín, Gráín.

Sin mise agus Smúirín.

Fadó, nuair a bhí mise i mo scúincín óg,
tháinig Mamaí ar Smúirín, lá, agus í ag spaisteoireacht.
Thug sí abhaile chugamsa é.

Táimid le chéile ó shin...

...ag siúl,

...ag spraoi,

...ag ithe,

...ag ní,

...agus gach oíche is mé ag dul a luí.

Uaireanta,
téann Smúirín i bhfolach...
Faoi mo philiúr,
Amuigh sa pháirc,
Faoi mo leaba.

Uair amháin, bhí sé sa bhosca bruscair, fiú!
Ach bíonn Mamaí i gcónaí ann chun cabhrú liom.
Agus is maith sin mar...

…ní maith liom dul áit ar bith gan Smúirín.

Níl éinne eile cosúil le Smúirín mar...

...tá boladh SPEISIALTA uaidh.

Le smúr amháin de mo Smúirín, bíonn gach rud ceart go leor!

Níl éinne ar domhan níos fearr ná Smúirín.

Ach lá amháin, áfach, chuaigh Smúirín amú.

Ní raibh sé faoi mo philiúr.
Ní raibh sé amuigh sa pháirc.
Ní raibh sé faoi mo leaba.

Ná sa bhosca bruscair, fiú!

Cá raibh Smúirín?

Istigh sa mheaisín níocháin a bhí sé!

Agus **ní maith** le Smúirín a bheith fliuch!

Ach bíonn Mamaí i gcónaí ann chun cabhrú liom.
Shábháil sise ón meaisín é.
'Smúirín bocht, crochfaimid amach ar an líne tú'.
Ach, nuair a bhí Smúirín tirim arís...

...bhí rud éigin difriúil faoi.

Barróg mhór agus
Smúr, smúr mór agus...
...Ó Bhó!

Bhí boladh SPEISIALTA Smúirín imithe!

‘Cén boladh speisialta atá ó Smúirín?’ arsa Mamaí.

Boladh brocailí?
Boladh císte líomóide?
Boladh deas oinniúin?
Nó boladh álainn cáise?

Bholaigh mé de gach rud timpeall.

Smúr, smúr, smúr,
Smúr eile agus
SMÚR MÓR!

Ach faraor, ní raibh boladh Smúirín le fáil ó rud ar bith.
'S ní raibh Mamaí in ann cabhrú.

Bhí boladh SPEISIALTA Smúirín caillte aige go deo!

Ach bíonn Mamaí i gcónaí ann chun cabhrú liom.
'Éist anois,' arsa sí, 'beidh gach rud ceart go leor'.

Barróg mhór agus Smúr, smúr, agus...

FAN GO FÓILL!

Cad é an boladh sin?

Boladh SPEISIALTA, álainn – díreach ar nós boladh Smúirín?

Ag teacht ó Mhamaí atá sé!

'An uaitse a fuair Smúirín a bholadh SPEISIALTA, a Mhamaí?'

'Is uaim, go cinnte!' arsa Mamaí, 'Tugaimse barróg mhór
do Smúirín gach oíche, mar go dtugann seisean aire duitse'.

'Cad a dhéanfaimid le Smúirín mar sin?'

Gráín mór ó Mhamaí domsa.
Agus gráín mór eile do Smúirín!

Barróg mhór agus

SMÚR OLLMHÓR

Mar dá fheabhas é Smúirín,

Níl éinne ar domhan níos fearr ná

Mamaí!